선욱현
첫 번째 시집

민추

모시는 시인선

03

선욱현
첫 번째 시집

도서출판 모시는사람들

만취

등 록 1994.7.1 제1-1071
1쇄 발행 2015년 11월 10일

지은이 선욱현
펴낸이 박길수
편집인 소경희
편 집 조영준
디자인 이주향
관 리 위현정

펴낸곳 도서출판 모시는사람들 110-775
        서울시 종로구 삼일대로 457(경운동 수운회관) 1207호
전 화 02-735-7173, 02-737-7173
팩 스 02-730-7173
인 쇄 (주)상지사P&B(031-955-3636)
배 본 문화유통북스(031-937-6100)
홈페이지 http://modl.tistory.com/

값은 뒤표지에 있습니다.
ISBN 979-11-86502-20-4   03810

이 도서의 국립중앙도서관 출판시도서목록(CIP)은 e-CIP 홈페이지(http://www.nl.go.kr/
ecip)에서 이용하실 수 있습니다.(CIP제어번호: 2015026844)

그래도 시를 쓰고 살았다

걸러지지 않는 피, 닦아도 닦아도 닦이지 않는 몸, 개울가에서 조약돌로 검은 피부 박박 문질렀다는 혼혈아이의 슬픈 이야기 처럼, 나라는 못난 등신 어루만지고 뺨 때리고 하며, 꼬리에 불 붙은 여우처럼 허둥대던 일쟁이, 술쟁이 세월 속에서도, 그래 도, 향로에 향 피우듯,

시를 쓰며 살았다.

뭐가 그렇게 그립고 뭘 그렇게 기다렸을까. 답을 찾지 못한다. 이 그리움과 기다림의 정체는 무엇일까. 누가 내게 준 것이며 이 모진 응어리는 어디서 왔을까.

희곡을 쓰고 연극을 하고 영화를 하고 방송도 하고 그러면서도 틈틈이 시를 썼다. 그런데 어느 순간부터 나이를 먹을수록 시를 쓰는 날이 줄어들었다. 시가 안 나왔다. 부끄럽고 걱정도 되었 다. 안 되겠다, 시집을 내자 해서 100편을 추렸고 비망록처럼 날 짜를 달았다. 부끄러운 청춘의 기록이다. 아무도 보지 못했던 내

홀로 낙서의 순간들이 '전체공개' 되었다. 이 뻔뻔함은 또 어디서 왔을까? 이렇게 저질렀다. 늘 이런 식였다. 내가.

용서하시라.
우리 눈이 마주치는 이 순간!
이럴려고, 이러고 싶어서.

2015년 3월
이름도 어여쁜, (春川, 봄 냇가) 춘천에서

선욱현

※ 추신: 이 버꾸(전라도 방언으로 바보란 뜻)의 만용에 해설까지 붙여준 아우 선광현 시인과 발문을 써주신 전남대 극문화연구회 선배님이신 송태웅 시인께 깊이 감사를 드립니다. 또 극작가의 시집을 기꺼이 묶어주신 도서출판 모시는사람들 박길수 대표님께도 감사를 전합니다. 공손히 꾸벅 절.

_____ 해설 한 편, 발문 한 편 **129**

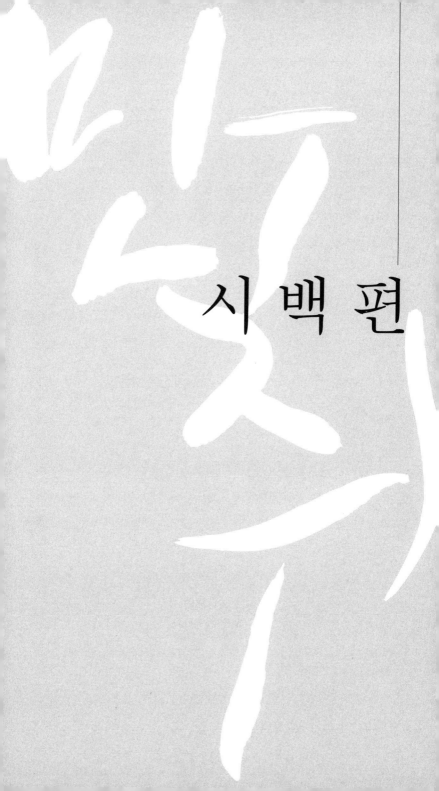

시 백 편

할머니와 늙은 개 버꾸

걷던 할머니가 멈추어 섰다
윙!
따라 걷던 늙은 개 버꾸가 왜 안 가느냐고 물었다
비님이 지나가시잖니
윙! 늙은 개 버꾸는 재촉했다

빗속에 버꾸는 멈추어 서서
까만 눈동자로 생각했다
생은 이렇게 지나가는 거라고

기억도 흔적도 무상일 뿐
비온 뒤 땅이 마르는 거 보아
저 안으로 스미는 거라고
사는 것은 스미는 거라고

할머니 주름진 골짜기 골짜기
촉촉한 생은 이제 모두 흘러가고
마른 골 사이사이
푸석한 이야기만 남아 있는 거라고   (2013.2.1 _ 희곡 구상 중에)

만취

오늘밤 밖에 돌아다니면 안 된다
가을이 완전 취했다
인사불성이다
오늘 가을한테 붙들리면
죽음이다
무조건 피해야 한다
놀란 마음 달래며 순댓국에 소주 한 잔
앗!
순댓국집 창밖에서 가을이 텅텅 창문 두드린다
날 바라보며!
나오라고… 이리 나오라고…
최대한 버텨야 한다
오늘 그와 마주치면 끝장이다
난 오늘 무방비 상태다

(2012.11.12)

고드름

당신을 기다리다
이렇게
기다란 얼음조각으로

하지만
당신의 입김 한 줌이면
또
금새

전
당신 앞에서
한없이
속도
철도
없는
그런

(2012.12.19)

겨울비

그렇게 오래 두들겨도
답은 없다
두들기는 이도
듣는 이도
끈질기다

지치지도 않고
오전 내 두들기고 있다

이봐요
한마디만 해 봐요
겨울비는 언 땅의 등을 질기게
두들긴다
두두두두

눈물인지 콧물인지
누구의 것인지도 모르겠다
땅위가 낭자하다

(2012.12.14)

돈 꾸러가는 날 아침 염병허게도 춥다

신발은 구멍이 나 황소바람 들고
비까지 들이치니
입에서 욕이 절로 나온다
그 집 앞 도착하여
문을 두드리니 사람 기척은 없고
망할 놈의 개만 짖어댄다
고드름 하나 뚝 떨어질 때까지
문전에서 서성이다
돌아서는데
그 집 굴뚝에 막 땐 연기가 한 뭉테기 피어오른다

살을 찢는 강바람 맞으며 돌아오는 길
내 새끼 빈 주댕이 생각하니
눈가에 고드름이 언다

(2012.3.11)

숲에 피가 내렸다

시렵고 시려운…
조용한 숲
어제는 핏빛 비가 내렸다

노루를 쫓던 사냥개가
독사에 물렸다
방심이었다
사냥개는 달아나는 독사를 보며 서러운 살기를 던졌다
주인은 멀리서 부르는데
총에 맞은 노루도 저만치서 눈물 흘리며 자신을 뚫어져라 보
고 있는데
사냥개는 사지가 뒤틀리면서도 신음소릴 내지 않았다
아! 맹독이다! 꼼짝도 할 수 없다
멧돼지도 물어뜯던 사냥개는 낙담했다

명랑아~
명랑아 어딨어~
입에선 위가 녹아내리는 거품이 흘러나오고
사냥개는

대답보다 먼저 지난겨울에 집근처 언덕에 묻었던
엄마 얼굴이 떠올랐다

조용하다 이젠 평화다
충직한 명랑이가 비로소 엄마에게로 떠난다

어제 숲은 밤새 피가 내렸고
독사도 부엉이가 물어갔다

(2011.12.8)

네가 지나간 길에서도
난 잠시 서서 아파야 했다

짧은 순간, 파란 비가 내렸다

가도 가도 사람을 만나지 못할 산길에서
난 헤매었다

홀로 짐승처럼 울 심산이었다

날은 어두워지고
사람들이 사는 마을로 돌아올 즈음
마을 초입

앗!
네가 지났던 길
그 길에 멈춰 섰다

아팠다

멀리 개 한 마리 맹렬하게 짖어댔다

그날 밤,
저주 받은 초가에서 난 오래오래 울었다

(2011. 12. 27)

꽃이 숨어 있다

꽃이 숨어 있다
죽어 버린 것처럼
영영
자신의 존재마저도 잊고
정말 죽은 양

스스로도 속이는 사기꾼처럼
겨울나무 가지 끝
꽃봉오리 안에

숨어 있다
꽃이

(2010.12.25)

인연

배가 가다가 멈춘 자리를
알 수 없다
물은 흐르고 배는 멈추어 있고
사방은 정적

어디 표시를 해놓을까

달은 웃고 있다
배는 삐걱삐걱 물살은 찰랑찰랑

(2009.9.7 _ 런던)

스코틀랜드 에든버러

어쩌면 내 생애 이 한 번뿐이리라
이곳에 서 있는 이 순간은

가슴이 열리고
동공이 열리고
저 바다 저 평원을 끌어안는
이 순·간·은

이 낯선 도시와 맹렬히 입맞춤하는
이 거품 같은 시간은

스쳐간들 어떠냐
순간은 점이 되어 우리 안에 새겨지고
그 점이 모여 내 인생이란 그림 그리는 것이라면

고맙다 이 한 번의 깊은 터치여

(2009.8.15 _ 에든버러 시내에서 바라보이는 언덕 같은 산, Arthur's Seat 정상에서)

여름날 햇빛

맑은 여름날 햇빛을
손수건에
꽁꽁 싸두고 싶습니다

어느 날 당신이 눅눅하게 젖어있을 때
꺼내어
잘 닦아주고 싶습니다

맑은 여름날
아까운 햇빛이
천지에 쏟아집니다

그 찬연한 빛을 바라보며
아깝다
아깝다
아까워서 그렇게 아름답습니다

(2009. 여름)

봄꽃

새봄
잔뜩 꽃을 물고 있다
나뭇가지 끝
나무가 이를 악 물고 버티고 있다

꽃잎은 고이 접힌 채 얌전히도 기다리고 있다

얼마나 버틸까
3월의 끝
온 세상이 혁명전야
꽃들
살벌하게 피어날 기세

흥분되라

(2009.3)

그리움

하룻밤 타고 마는 촛불도
보름만에 차고지는 달도
한 철 피고지는 꽃도
미친 듯 푸르러도 한 해를 넘기지 못 하는 이파리도 싫어서

그렇다면 별은 어떤가
그 생멸(生滅)을 우리가 알지 못 해도
매양 저렇게 빛나는 별이라면

알 수 없는 날
내 그리움이 진다해도
그대 앞에 오래오래 빛나고 있을
별이라면 어떤가

(2007.1.21)

향을 피우며

어쩌면 기도

내가 지은 죄도 무겁고
내가 피운 꿈도 지천이다

밭가는 농부처럼
그물 던지는 어부처럼

하늘이 부를 때까지
욕심 부리고 죄 짓고 반성하고 죄 짓고

그리고 아침저녁으로
향 피운다

어쩌면
더는 욕심 못 부리는 날을

기 다 린 다

(2006.5.31)

동동

어떤 날 아침은 참으로 묵직하다
또 살아야 한다는 중압감에
밥을 꾸역꾸역 먹고
묵직한 아랫배의 불쾌감을
허리띠로 졸라매고
또 길을 나설 때

거리엔 희망과 절망이 가득하고
전철 안은 야전막사이다
다가올 전투를 앞두고 모두 잠을 청하고 있다

눈을 감으니 물소리
그리고
묵직한 짐승 하나 잘도 떠내려가는
동동

(2006.2.26)

황야의 물고기

물고기가 있었다
물고기는 자신이 깊은 강물 속에서 태어난 줄 알았다
얼마나 자랐을까
어느 날 물 밖으로 눈을 내밀어 바깥세상을 보았다
황야였다
거칠고 황량한 사막 한쪽
말라붙은 강바닥
그 얼마 남지 않은 물에서 자신이 퍼덕이고 있었다
그걸 깨달은 순간
순식간에 물은 말라갔다
금새 강물은 바닥을 보이고
물고기는 햇볕 아래 노출되고 말았다
몸이 바짝 말라왔다
물고기는 눈을 감았다
이렇게 자신이 죽어갈 거라고 생각했다
그런데 이상했다
이상한 소리들이 들렸다. 눈을 떴다
버스정류장
물고기는 버스정류장에서 버스를 기다리고 있었다   (2005.7)

풍경 소리

창 밖에서 물고기 날고 있다
종 아래 묶여서 맴돌고 있다
바람 불 때마다
진저리를 친다

풀어줄까?
그럼 구만리 장천을 날아갈까

영원히 놓여나지 못할 운명
물고기는 알까?
그래서 저렇게 진저리를 칠까?
알면서도?

딸랑딸랑 지치지도 않고
쩌렁쩌렁 놓아달라고
오늘도
진저리를 친다

(2005. 1. 19)

서울 하늘 아래 수도원

키 작은 잡풀 머리로
먼지 도시를 누비다가
어느 날인가
누가 민 것도 아닌데
지 혼자 거꾸러져
물팍에 피 솟구치고
그 피 배인 자리에 삽을 꽂아
아담히 솟아오르니
누구는 눈만 머물고
누구는 있는 지도 모르고
용기 있는 누구는 문을 미는데
주인은 없고 텅 비어 있는

(2005. 1. 1)

금붕어

평생을 어항에서 살았다

세상이 넓은지 좁은지
알 길 없고
알 필요도 없고

물고기도 포악하여
배고프면 같은 물고기들 잡아먹지만
우리는
주는 대로 먹고사니까
살어(殺漁)는 않는다

우리 눈동자는 평화롭다

대신
우릴 배고프게 하지 마라

(2004.8.1)

연애편지

편지가 없어져 어찌 연애들 하나
지그지 눌러쓰는 잉크의 수작
한 자 한 자가 꽃으로 번지는
그 긴장천만의 수작을 해보지 않고서야
발신인 이름도 조작하고
풀로 봉하는 것도 모자라
펜으로 표식까지 해놓고
너만 보라고
우리 둘이만 그렇게 눈을 맞추자고

그 수작을 해보지 않고서
요즘은 어찌 연애들 하나

(2004. 7. 2)

멍청이 새

가슴팍에 혹이 하나 있었는데
그게 뭐 묻은 게 아니고
날 때부터 그런 것을
그거 떼낸다고
제 부리로 온종일 파대다가
결국 상처를 내고, 그게 곪아서,
죽고 마는
그렇게 멍청한 새가 한 마리

조롱거리만 돼서
조롱새라나

그런 새가 있었대나

(2004.4.17)

등대

등대는 다 잊어버리는 데만
그 많은 시간을 허비했다
묵은 세월은 기둥에 소금기로 남아
때처럼 서걱거렸다

행여
갈매기 한 마리 머물까 두려워
낮에는 잠을 자고
밤이 되서야 하던 일 돼서야
기계처럼 할 뿐이었다

잊자고
잊자고

아침이 되면 스위치를 내리고
곤한 잠을 청하였다
그래도 꿈까지 찾아왔다
징그러운 것

등대는 잊자고 잊자고

오늘도 부지런히 일을 하였다

(2004.4.15)

깃발

저 하늘 좀 보게
내 욕망이
부끄러운 줄도 모르고
저리 높이 펄럭이네
님이 보라고
저리 높이도 달아두었네
바람 잘 날 없이
저리 요동을 치는데도
내 님은 봉사라
시늉 한 번을 안 주고
나만 혼자 삼백 날을
저리 방정 떤다네

(2004.4.11)

삭발

끊고 자르고 솎아내고
그것도 내 것이라고
몸을 떠날 때 아프더라
부끄러운 것이기도 하고
하지만
자꾸 돋아나는 잡풀과 같아서
약 안 줘도 쑤욱 쑥 자라나는
끈질긴 것이어서
누가 볼까 들킬세라
자주 밀어줘야 했느니

(2004. 4. 11)

명태 한 마리

어느 짙푸른 저 북쪽 바다에서
건져 올려진
명태 한 마리
서울 우리집 부엌 양푼에 담겨 쉬고 있다

얼마 안 있으면
코다리찜이 되고
갈갈이 해체되고
내 몸이 되고
배설되고

그렇게 세상으로 자기 모두를 던지는 것이다
그 어마어마한 의식을 앞두고

조용히 쉬고 있다
우리 집 부엌에 명태 한 마리

(2004. 3. 15)

술상

안주는 욕심나지 않게
부족한 듯이
반병이면 詩는 나오니까
술도 적당히
천년의 꿈도
하룻밤에 풀어내고
내일 다시
백치가 될 수 있을 만큼만

(2003.8.27)

바람 세게 부는 날

바람 세게 부는 날에는
江도 몸살을 한다
그리웁다고 저렇게 치를 떤다

그리워서 그리워서
저렇게 거칠게 흘러가나보다

강가 나무에 걸린 연 하나 덩달아 몸살을 한다
날 좀 놔 달라고 제발 좀 놔 달라고

행복할까? 놓여나면
누군가 잡아주고 있을 때가
행복한 건 아닐까

바람 세게 부는 날에는
호강도 마다 하고 다들 주책없이 몸살을 한다

(2004.3.3)

E · T

난 미아(迷兒) - 고향별로 가고 싶다
아- 아-
아무리 안테나를 돌려보아도

발신은 되는데 수신이 안 되는

거기 누구 있는가?
아- 아
여기는 지구 여기는 지구

(2003.12.2)

빈 산

초겨울, 산이 비어 있다

나무들은 나뭇잎 다 떠나보내고
나무는 나무로만 남아 있다

저 건너편 산엔 집들이 가득하다
내 안에도 화가 가득하다

산은 겨울을 나려고 다 비워냈는데
난 어찌 이 겨울을 나려고

(2003.11.17)

가난한 내 술상

저축 한 번 못한 인생이어서
술은 더 맛나다

안주가 없어서
속은 더 청명하다

허전해서
인생은 더 살 만한 거라고

누가 가르쳐 주지도 않았는데
잘도 지키며 잘도 따르며

오늘도
가난한 소주잔을 넘긴다

(2003.8.25)

소주 한 병

내 주량은
딱 소주 한 병

처음 세 잔에 온갖 분노를 삭이고
두 잔 더 들어가면 마음이 한없이 넓어지고
두 잔 더면 세상이 다 내 거고
마지막 한 잔이 남으면

더 먹을까 어쩔까
긴 고민을 한다

(2003. 8. 25)

가을의 얼굴을 보았다

늦여름 무료한 도시 위로 비가 내렸다
어둠이 비를 긋기 위해 들어 온 손님처럼
몸을 길게 디밀었고
여간해선 나갈 기미를 보이지 않았다
난 나대로 불도 켜지 않고
엉큼한 여인처럼 그를 받아들였다

창가에 나무는 이 비 그치면
이별을 준비할거다
이파리들은 이별 전에 정사를 치르고 있다
외롭고 후끈하다

이별이 오기 전 돌아서려 했는데
이 비 그치기 전 떠나려고 했는데
별안간 팔월 비에 정사를 치루고
알몸인 채로 가을의 얼굴을 보고 말았다

(2003.8.19)

여름 밤

누구 또 있나
이 밤 오래도록 생각 많아
책상 위에서
깊은 산 속에도 갔다가
계곡에 발도 담갔다가
그러다가
모기에 쏘여
다시 책상 앞에 앉은
초라한 등신
잠 못 이루는 커다란 등신
생각으론 저 먼 바이칼 호수도 다녀오는데
몸은 앞산도 못 가고

이러다 넋 빠질라

(2003. 8. 14)

기도

조금 일찍 잠에 든 것이
새벽에 일어나게 되었다
책상 앞에 앉고 보니
괜스리 맘 수상하고 괜스리
마음 모아 향 하나 올렸더니
대금 우는 소리 벌판을 달렸다
책상 앞에는 등신만 앉아
창 밖 찻소리만 듣고 있었다 차 소리

맑아지고 맑아지기를
투명하여 투명하다가
그대로 흩어지기를
천지에 자취 없기를

(2003.8.11)

목련이 진다

목련이 4월이면 진다
그렇게 져서 길다면 긴 1년의 세월
또 한 번 기다려야 한다

꽃잎이 나올 때 아프지 않을까
나무의 상처자국이 꽃이지
그 꽃 지고 남몰래 일 년을 아물어 가는 거야

목련이 진다
긴 겨울 끝에 봄이 왔어요, 했던
잠깐의 미소, 추억이 그대로 떨어져 무심에 밟힌다

상처 자리
앙상한 목련 아래서
오늘 펑펑 울다 간다

(2003.4.13)

새벽 지하철

모두들 얼굴 파묻고 꿈 없는 잠을 청한다

(2003.1)

향을 피운다

어느 날 향을 사게 되었다
어느 날 향을 피우게 되었다

누구를 추모하려는 게 아니라
내 안을 태우는 어떤 기원

한을 피운다
썩은 내 지운다
생전에 어쩌지 못할
이 그리움 장사지낸다

어느 날 문득 향 떨어지면
산사를 찾는다
향도 하나 사고 대추차도 한 잔 하고

(2002.11.7)

혼자

혼자였다
세상에서 난 혼자였다

혼자 일어나고 혼자 잠들고
혼자 태어났고 혼자 죽을

공자 맹자 노자 묵자
그 중에 제일 위대한 스승이 혼자?

혼자였다
이 말을 정말 안 뱉고 싶었지만

(2002.11.5)

풀숲에 참새가 가득하다

큰 비 오고 나더니
천변의 풀숲이 엉망이다
그 뒤엉킨 흙과 풀의 정사자리에서
참새 소리들 요란하다

먹이가 많은 모양이다
신이 난 모양이다

난 얼마나 엉망인 자리에서
요란하게 지저귀고 있는가

풀숲에 가려 참새들은 보이지도 않는데
그 소리 참 요란하고
그 소리 참 민망하다

(2002.8.11)

불안

내 주변에 너무 많은 눈들이 있다
내 안에 너무 많은 소리가 있다
그 눈과 소리가 모두 제각각이다
그렇게 스물 네 시간을 보낸다

난 그 갈등을 해소 못 하고 청춘을 다 보냈다

(2002. 2. 20)

어느 날

하마터면 울 뻔 하였다

사랑도 아닌
사람이 그리워

하염없이 울 뻔 하였다

(2001.10.6)

山寺

하얀 눈이 나려
산은 속살을 드러내고 말았다
그 수줍은 가슴 안으로
소담스레 기와집 한 채
담겨있었다

(2001.겨울 파주 보광사)

만신

하늘을 부르다 너는 하늘이 되고 말았는가
달은 떠 높은데
너는 달래춤을 덩실 덩실 뛴다
누구를 달래느라

고우나 고운 버선발 홀쩍 뛰어오를 때
내 가슴도 철렁 뛰고
귀신들 밥 준다고 쌓아 논 양식
내가 다 먹고 간다

내려오지 않던 하늘을 당겨
너의 몸에 붙이고
그 몸을 당겨
이제는 나도 하늘이 되려는가

달궈진 몸에 얼굴 붉히고
괜스리 피워 문 담배 한 개피에
우리네 인생이 지나고
그 사이 넌 또 하늘을 부른다

장구는 말을 달리고
벼락처럼 징소리 이어지는데
난 너의 버선발을 잡는 이 땅을 본다
그 땅이 하늘이다

오늘은 땅과 하늘이 그렇게 몸서리치는 모양을
부끄러이 훔쳐보았다

(2001.8.31)

파도

어찌 떠나니
내 너를 두고 어찌 떠나니
내 발목 붙잡고
내 바짓가랑이 붙잡고
이렇듯 출렁이는
너를 두고
내 어찌 떠나니
미운 너를 두고
참 미운 너를 두고
어찌 떠나니

(2001.5.27)

어제는

어제는 내 못난이를 외출시키고는
쓸쓸이 울었다
아무도 없었다면 더 슬펐겠지만
그래도 한 사람 곁을 지켜주었고
난 더 못나졌다
파도는 무심히 내게 말을 걸지만
난 들어주지 않았고
그게 서운한 파도는 연신 밀려왔었다

(2001.5.17)

말뚝

그래 너의 땅
나를 불허(不許)한다고
깊게도 박아놓은 말뚝 앞에서
인정한다
너의 땅
내 신발 끝도 허락지 않겠다는 그 차가운 성역

무심코 발 디뎠다가
철컥 휘감던 덫의 기억 때문에
지금도 시리다
가슴이

벽을 허물자고
몇 천 년을 떠드는데!

너와 나 사이, 이 경계 하나 넘지 못 하는
이 허약한

(2001.3.24)

한 번 멀어져 보라

코 앞에 붙여 놓으면
아옹다옹
한 번 멀어져 보라

돌아갈래두
먼 길 고스란히 되짚어야 하니
두고 온 정 깊어지려니

멀어져 있음의 행복
그 적막한 기쁨

멀어져 봐야지
두고 온 그것이
허망한 것인지, 소중한 것인지
한 번 멀어져 봐야지

(2001.3.14)

독화살

어느날 나는 독화살이 되고 싶다

치명적인 독이 발린
검푸른 유혹으로
잔뜩 당겨지고 싶다

도시의 뼈를 으스러뜨리고 장기 깊숙히 관통하여
모두 안에 기생하는 허위를 살해하고 싶다

어떤 날은 이 도시에서 내가 얌전하지 않았으면 좋겠다
증오만 순전하게 남았으면 좋겠다

(2001.3.7)

봄이 오는 이유

어느 날 아이가 왔다
함께 봄도 왔다
아이가 작은 손을 꼬무락거릴 때
숨죽인 나뭇가지에서 기적처럼 순이 돋을 때
정말 물어보고 싶었다
넌 도대체 어디서 왔니

언 강이 풀리고
겨우내 흰 눈으로 뒤덮였던 들판이
거짓말처럼 다 녹아 파란 풀들이 얼굴을 내밀었다

겨울 동안 배고팠던 이들을 위해 봄은 찾아오는 지도 모른다
아직 덜 성숙한 어른들을 위해 아이들은 태어나는지도 모른다
응-애 응-예
응 그래 응 그래

네가 왔구나

(2001.3.5 _ 3월 1일, 만세를 부르며 둘째 명운이가 태어났다)

나는 신문이다

오늘을 다 쓰고 자리에 누우니
또 구겨진다

나는 무료로 석 달 넣어주는 신문 같다
배달사고도 없는

정말 이러다 버려지면 어쩌나
재활용은 되나

그 신문에 스윽 베어
피 한 방울

신문이 화낸다

(2001. 1. 29)

아침

포대는 포문을 열고 아침을 맞이한다
새가 한 번 기웃하고는 저리 날아가고
포수는 하늘 한 번 올려다 보았다
너른 바다 향해 기지개 한 번 켜고
양 팔뚝에 불끈 힘 한 번 주어 보았다
별일 없는 오늘이겠지만
그렇게 해는 또 떴다

(2001. 1. 28)

기억

칡을 캐다가
궁금해 고개 내민 뱀을 건드려
내가 놀라 산길을 미끄러지듯
도망쳐온 그 날
거기 혼자 남겨 두고 온
그 뱀의 눈동자가 그립다

참 외로운 눈

나이만큼 불안하고 나이만큼 그립다
아직도 새벽하늘은 보랏빛인가

(2000.12.31)

귀가

시골로 이사하니 그게 좋다
귀갓길에 나를 씻는다
달리는 차창 밖 어두움이 나를 씻겨준다
가로등 훤한 도시의 포장도로가
나를 더욱 깊은 미궁 속으로 밀어 넣는다면
이 시골길 어둠은 다르다

내 둥지를 찾아가는 조용한 귀가길
잘 씻고
또 잘 나오려
난
들어간다

(2000.11.20)

아이를 기다리며

초겨울 한 밤
화로 하나 덥혀두고
겨울 넘긴 국화 얘기로
너를 기다린다

얼음바람 매서워도
국화들은 서로 몸 부비며
하루 또 하루를
멋지게 보냈다는 얘기

어느덧 밤은 깊어지고
냇물이 어는 동안
어미는 너를 배 안에 담고
꿈을 건넌다

아빠는 들판을 깨워
나무를 심고
몸보다 마음이 큰
너의 형은 코- 잔다

이렇게 기다리고 있으니
너 나오는 날 봄도 오겠고
세상은 좀 더 밝아질 테고
어디 한 번 또 살 만하겠지

(2000.11.15 _ 이듬해 3월 1일 둘째 명운이가 태어났다)

밤낚시

어깨 위로 서리가 내려앉는
11월의 강가
불빛 하나 두지 않고
낚싯대를 던진다

야광찌를 흔들던 도깨비가
저 멀리 주인 없는 불빛에
잠깐 맘을 홀리는 사이
휭-

은색의 낚싯줄이 검은 적막을 두 동강 내보지만
물결처럼 다시 하나가 되고마는
이 어둠

바스락-
누군가 또 밤을 새고 있다

당신은 뭐가 걸렸는가

(2000.11.12)

쓰레기

허름한 쓰레기통에서 총을 한 자루 주웠다
총은 적당히 녹이 슬어 있었고
손잡이는 한켠이 부서져 있었다
탄창을 열어보니
놀랍게도 총알은 가득 박혀 있었다
탄창을 집어넣고
벽을 향해
한 발을 쏘았다

고양이 한 마리를 죽였고
다른 한 발은 버드와이저 깡통을 관통했고
그리고
남은 총알들은
아껴두었다

지금도 내 서랍 깊은 곳엔
총이 한 자루 있다

난 그렇게 부른다

쓰레기

내 안에 쓰레기가 있다
때로는 든든하고
어떤 날은 불안하다
또 하루는
그 남은 총알들 때문에
지극히 우울하다

(2000.11.7)

11월

빈 들판에 연기가 높이 오른다
누군가 불을 지피고 있다
정 많은 사람 남은 정 태우느라
저리 하얗게 오르나보다

길가엔 노오란 손수건이 지천으로 매달렸다
누구를 기다리길래 해마다 저러나
아무도 오지 않는데
거리의 구애는 오늘도 헤프다

늘 그렇게 기다리기만 하다가
뚝뚝 떨어지고 말지

오늘 아침엔 허연 서리가 풀숲에 앉았다
아이 몇은 벌써 연을 날렸고
나는 창문을 꼭꼭 걸어 잠그고
발바닥이 시려 엄지발고락을 잔뜩 옹그렸다

겨울 온다

11월은 엄지발고락 끝으로 온다

(2000.10.28)

겨울

들판에 한 사내가 우두커니 서 있었다
북녘으로 난 하늘 향해
눈 부라리며
아으 아으
짐승 울음으로
피고름을 토해내고 있었다

여보, 누구예요?
응, 옆집 남자

그날 밤
달이 들판에 툭 떨어졌다
다음 날 아침에 보니
그 사내는 달을 껴안고
얼어 죽어 있었다
정말
그날 이후
겨울이 성큼 다가와 버렸다

(2000.10.24)

가을

가을이
들판 위를 노닐고 있다
노란 벼가
외롭지 말자고 한다
이렇게 익어가는 것이라고 한다

겨울 오면
허허로운 들판으로 남겠지만
그때
정갈하게 만나자고 한다

아!
가슴 안에서 뭉퉁!
한 주먹이 베어져 나간다
그만큼 익었고
그만큼 자리가 비었다

오늘 난 사진기 메고 혼자 소풍 간다

(2000.10.16)

가을 편지

오늘 가을이 한 장 넘어간다
달은 춥지도 않나? 저기 높은데도 떴다
풀벌레도 시려 조용한 이 밤
편지 쓸 데도 없고 쓸 수도 없다
그저 편지라고 두 글자만 쓴다

(2000.10.8)

내일은 없다

늦게 알았다
하루가 하루가 아닌 것을
해가 남 몰래 떠서 내 앞에서 지더라도
그게 하루가 아니란 걸

늦게 알았다
하루가 내 인생의 전부인 것을
내 하루가 내 인생인 것을

내일은 없더라
꿈이더라
오늘이더라

(2000.9.15)

이별

아무 잘못도 없는 너를 보낸다
이별이 많다
나이테는 늘어가고
잎은 더 노래지고
오늘은 가지 하나 툭 부러졌다
너는 아무 잘못도 하지 않았다
나는 이렇게 나빠진다
살수록 나는 악한이 된다

왜 꿈을 꾸었던가
꿈이 없으면 잠이 깊고
오늘 나
이토록 산란하지 않았을 것을

눈물 한 방울 없이 이별을 고한다
나는 죽었다
네가 알던 좋은 나는 죽었다

마음 속에서 너를 지운다

징그럽기만한 비가 지리게 내린다

(2000.8.27)

피(血)

내 몸 안에 이상한 게 있다

물려받은 거 말고
죽자고 나를 쫓아다니는
내 몸 안에
어떤 그런게

나를 여기까지 데려 온
또 어디론가 데려 갈
어떤

그 어떤

(2000.8.3)

풀벌레 소리

풀도 없는데 풀벌레 어디서 울까

저기
화초장 짊어 진 놀부가
한강대교 위를 지나고 있다

한 살 한 살 더 먹어갈수록
놀림받는 일이 많아진다
왜일까

나는 알지, 나는 알지
풀벌레 소리 밤새 요란하다

(2000.8.3)

기차 여행

낯설은 역들을 지나며
없는 추억을 마시고
아가미가 펄떡거려야
외로움이 충전된다

익숙함이여, 안녕

(2000.6.29)

진달래

너의 볼에 진달래 피던
그런 봄이 있었지
오늘
느닷없이 산천에 흐드러진
너의 모습에
해묵은 수줍음으로
귓불에 진달래 피었다

(2000.4.11)

나를 붙잡은 건 봄비였다

메마른 4월 대지를 두드리고 있었다
신이 났는지 창문까지 두드리고 법석이었다
괜스리 잠에서 깬 아직 밤 중
그렇게 창 밖에서 노닐던 애를
눈 뜨지 않고 조금 더 듣고 있었다

찾아갈 수 없는 너였기에
먼저 나를 찾아왔니
내가 좋아 죽고 못 살겠니
그 먼 길을 어찌 왔니

해 줄 얘기가 없구나
이렇게 나이만 먹어
가로등에 얼룩이 까맣다
저건 누가 닦아줄까
재미없는 나를 오래도록 붙잡은 건
그래도 너였다

정작 아무 얘기도 안 할거면서

딱히 더 할 얘기도 없으면서

그래도 이렇게 조금만 더 보고 있자며

실죽샐죽 웃고 있던 건

너였다

(2000.4.10)

강가에 서면

그렇게 흘러가지 못해
이렇듯 슬픔이 지루합니다.

멈춰진 건지
맴도는 건지

녹음이 깃들어네요, 당신 얼굴에.
그 미치도록 푸른 자리

풍뎅이 한 마리 풍덩 뛰어들더니
바보처럼 헤엄을 칩니다.

늘 그렇게 아쉬워서
오래도록 사랑하였네요.

어느 낯선 풀숲까지 흘러갔을까
낙조는 시원스레 저무는데

저 아래서 바람 한 줄기 달려옵니다.

무슨 소식을 전하려고!

(2000.4.4)

성숙

우리 아이가 커 간다.

누워만 있더니 앉아있고 서더니 걸었다.
어제는 싫다고 고갯짓까지 했다.
예쁜 우리 아이, 내일은 또 어떤 다른 짓을 할까?

다른 짓을 하는 거다.
안 하던 짓을 하는 거다.

나는 다 컸나?
왜 다른 짓을 안 하지?

(2000.3.3 _ 큰아이 명호는 느리게 컸다. 16번 염색체 이상 루빈스테인
테이비 증후군이다.)

자연 다큐멘터리

갈매기들이 싸우는데 가만보니 서로의 날개를 집중 공격한다. 걔들은 날개를 다쳤다가는 큰일난다. 갈매기는 닭이 아니다. 날아다니며 먹이를 구해야 한다. 그래서 굶어죽지 않으려고 악착같이 날개를 보호하면서 싸움을 하는 것이었다

날개를 다치지 말자

나도 날개가 있다. 근데 내 날개는 좀 이상하다. 먹이 구하는데 별 도움을 주지 않는다. 아니다, 어쩔 때 보면 그 날개 때문에 굶어죽게 생겼다. 하지만 나도 그 날개를 보호해야한다. 그 날개를 다치면 나도 죽는다

날개를 다치지 말자

(2000. 2. 29)

나는 적당한 우울이 좋다

나는 적당한 우울이 좋다
라고 말을 하고 나니
적당한 우물?
그래 그건 어쩌면 우물 같은 거지

흐릿하고 또 투명하기도 한
저 아래
정체모를 그것
깊이가 얼마나 될는지
도무지 헤아리기 쉽지 않은
저 아래

우울함은 삶을 기름지게 한다
들뜨지도 침잠하지도 않게

(1999. 여름)

눈이 멀다

눈이 멀었단 얘기가 아니라
눈이 먼 산을 보고 있어

딱히 무슨 산이 있어 아니고
그냥 멍하게

막대기로 정신 번쩍 나게 뒤통수를 때려도
또 그저 먼 곳 보고 마는

그
마음
이놈의
눈

(1999.7.1)

음울한 통로

- 지하철을 타러 내려갈 때마다

이 都市 아래 긴 통로가 있다

하늘은 보이지 않는다
안전통로
가난한 종이딱지* 들이밀고
몸을 맡긴다

꾸벅 조는 사이
잴 수도 없는 거리를 내달려
목적지에 데려다놓고
또 쏘앵
어둠 속으로 치달리는
저 깡통
바같은
볕이 너무 뜨겁다

---

* 지하철 표, 예전엔 종이 티켓이었다.

오존경보
산성비 주룩주룩 내리는 중

통로에 서성이는 사내는
눈알이 없다

(1999. 5)

우표가 없다

그리움이 두툼하다.
손에 쥔 편지가 입 크게 웃는다

바람도 시원한 날
짧은 소매 걸치고 난 우표 사러 간다

우표 풋말 찾았는데
소금때 절은 가게문이 굳게 닫혀 있다

돌아오는 땀 찬 손아귀
글자들도 울음 운 양 그리 되겠다

하늘도 젖고 마음도 젖고
유배지에선 그리움도 규제대상이다

(1999.4~6월 _ 금강호에서 '품바' 공연하며 보낸 여름)

유람선

이 먼 곳으로 보내진 것을 보면
나는 죄가 많다
코 앞 땅도 발을 딛지 못하는
물 위에 떠있는 감옥

화려한 소외는 나름의 달콤함을 준다

나는 죄가 많다
그래서 멀어져 있다

(1999.4~6월 _ 금강호에서 '품바' 공연하며 보낸 여름)

고래를 보았다

섬으로 귀향 가던 날
머언 유배지로 나서던 날
검은 바다 위로 언뜻 언뜻 흰 포말로 솟구치던
경주라도 하듯 내가 탄 배 따라오던
고래들을 보았다

작은 고래들

그날 이후 볼 수 없었다
고래 얼굴
어느 밤도 행운은 오지 않았다

고래 얼굴 잊었다 했는데
어느 무료한 한낮
낮잠 중에!
고래 얼굴 보았다

그것도 수 십 마리 고래가 한가로이 놀고 있던 그 모습을

(1999.4~6월 _ 금강호에서 '품바' 공연하며 보낸 여름)

탈주범

용케도 잘
여기까지 왔어
한 번도 취하지 않았다
경계를 늦추지 않았다
그런데
오늘 내 모양이
불안하다
누구라도 붙잡고
다 고백해버리고 싶다

난 도망친 사람이오

(1999. 2. 28)

지난 밤

산새들 요란하여 뜬 눈으로 밤을 새운다
지나는 바람 소리에도 쉬 스산하여
방문을 고쳐 닫는 사이 - 생담배는 타고 있다

밤하늘에 걸린 달도 춥다고 호호 하는데
누군가 있어 낯선 산길을 오르나보다
부엉이 괜스리 헛기침을 울고

가슴에 식지 않는 불덩이

그이도 저 달을 볼끄나

가슴에 병신 새 한 마리 있어
오두방정을 떠는 이 가득한 시간
이 밤
이제 춥다못한 달은 산 밑으로 숨어드는데
아직 몇 조금 남은 어둠을 태우느라
내 몸만이 바싹 바싹 소리를 낸다

밤은 정녕 보낼 길 없는 긴 편지인가보다

(1999. 2. 7)

마른 나무

무심한 시간을 잘도 따라가며 잘도 말라가고 있다
아무리 바닷가에 서서 습하고 비릿한 바람 맞아도
껍질은 언제부턴가 바삭거렸다
그 위로 마른 소금이 흰 먼지로 푸수수 흩날리고
어제도 여린 바람 한 끝에 가지는 툭 부러져 내렸다
물기 하나 없었다
몇이나 남았을까. 세면 금방 세겠구만, 그러기 싫은
알량한 이파리들
오늘도 그저 줏대 없이 흔들릴 뿐이다
하필 언덕 위에 자리잡아 - 물론 스스로 잡은 것도 아니지만 -
바람 많고 볼 거 많고 오는 이 드물어
타고난 상념의 자리
그렇게 말라가고 있었다

한때는 햇빛을 그리워했건만
이제는 천지에 쏟아지는 빛 앞에 울고 서 있다
아아!
몸 한 구석 빛 들지 않는 곳 있어 파란 이끼라도 피었으면!
그 작은 친구들은 어디로 다 갔을까?

눈물 대신 각질로 떨어지는
오늘

이만큼 와버렸다

(1999.1.1)

그림자

노란 은행잎에 내가 누워있다
나트륨 등의 노란 불빛처럼 곤해 있다
열쇠를 집어넣으면 열리는 현관문처럼
내 인생도 그렇게 열렸으면, 하다가
아직은 열쇠를 못찾는다

종일 침침한 우리집
어쩜 그만큼 답답했을 아내와
병치레 잦은 우리 아이는
어둠 속에 조용히 자고 있다
적막을 이불삼고

멀리 찻소리
창밖으로 고양이가 도망을 가고

어찌하나
무심히 깊어지는 내 뿌리의 소음에
오늘도 뒤척이리라
어지러운 꿈자리 몇 지날 것이고

그러다 별안간 햇살 비추이면
내 그림자 또 벌떡 일어서리라

(1998.11.13)

석류

저마다 빠알간 얼굴로 노래하다
자기 좀 봐 달라고 저렇게 부끄러운 줄도 모르고

입 쩌억 벌리고 속살을 드러내어
시큼한 마음 입에 고여 정으로 흐르는데

행여 저러다 가을 다 보내고
뚝 떨어져 서리 앉지 않을까 괜한 걱정에

빠알간 눈동자들 이제 막 쏟아지는데
내 권태에 부딪혀 소름이 돋는데

아아 빠알간 청춘들이여
내 가슴에 박히는 총탄이여

(1998.11.2)

소중하다

손가락 마디마디 발가락 마디마디
다 부러뜨려 다 베가더라도
간이 녹아내리고 장이 끊어져
검은똥 싸다 비실비실 죽기 싫으니
제발이지 데려가지 마세요

웃을 때면 콧잔등 곁으로 패인 주름을 따라
내 가슴도 흘러내리지요
주근깨도 보석으로 살아 햇살에 빛이 나고
앞서가는 뒷모습에 어쩌면 목이 매이지요
제발이지 곁에 두세요

(1998.11.8)

왜

왜 자꾸 먼 들판을 보느냐

인적 없는 황톳길엔 가득 흙먼지만
가을걷이 끝난 논엔 흔한 참새도 없고
차마 늙은 농부 피워놓은 연기 한자락 없는데
온종일을 하릴없이 앉아
저 끝 지평선까지 허망한 시선 던지느니
눈이 멀면 외로운 법.
허공에 꽃불 피고 노느냐?
허-

사연이나 알자

(1998.10.26)

우문(愚問)

한 번쯤 살다가 내 몸이 로봇이라면
그러지 않았소?
외로움 칩도 빼버리고
사랑 호르몬도 제거해 버리고

(1998.10.7)

풍요

산 허리에 걸친 구름이 좋구나
그 곁을 맴도는 솔개 한 마리야 말할 것도 없고
강물은 소리 건강하게 흘러가고
벼는 노랗게 익어 온 들판에 일렁이네

여름의 끝은 그렇게 보기 좋은데
다가올 겨울 생각에 벌써 마음 시큰해지고
내가 땀 한 방울 흘리지 않은 이 풍요 앞에서는
더욱 가난해지는 상대성이여-

추수의 계절에 씨를 뿌리리라
그렇듯 외로운 일도 맑은 땀 흐르면 다 좋고
모두 잠든 들판의 고즈넉한 밤
게으른 짐승은 밤을 밝히리라

(1998.8.23)

슬픈 착각

증오는 애초부터 없었다

지금도 비 온다
내 하늘엔 늘 비가 내린다

누구도 쓸어주지 못할 내 등 위로
총탄이 쏟아져 내린다

저주라 부르자
生肉을 입은 까닭의 저주

언제까지 날 관통할 셈이냐
쏴- 쏴- 쏴- 쏴-

총탄이 멈추질 않는다
내 사랑이 식지를 않는다

비 내리는 날이면
너의 창가에도 주검 하나 보일 것이다

생각 하나 늘어날 것이다

(1998.7.19)

흐린 날

하루 내 헤매고도
한 마디 도움말 얻을 데 없어
괜히 웃다가 속만 허무하다

바람도 없는 날
햇볕도 없는 날
구름만 잔뜩 낀 날

보고 있니-
들을 이 없는 우스운 말
총총 뛰는 참새가 째째 웃는다

소낙비라도 쏟아질 양이면
하늘에 가득 던져 둔
그리움까지 쏟아져 버릴까
남몰래 조바심을 내다

흐린 날은 그렇게
내 얼굴이 연못이 된다

(1998.5.19)

일상(日常)

이렇게 흘러가도 될까
어디로 가는가
죽은 물고기가 되어 시간 위를 떠내려 간다

문득, 소용돌이가 치더니 물이 고인다
퀴퀴한 향료가 몸을 적시면
파란 담배 연기를 향처럼 피워 올린다

눈을 감으면 다시 별빛이 흐른다
아주 늦게 눈을 뜰 거다
언제이든지
비릿한 짠 내음에 깨어나 갈매기를 볼 거다

오늘 난 하얀 갈매기 꿈을 꾼다

(1998. 5. 10)

江

새벽녘 강가에 물안개 오르면
차마 돌아서지 못하고
기우뚱 대며 거닐다가
푹 고꾸라져 잠이 들다

깨어보면 뜨거운 햇살,
고개 들지 못하고
강 뒤로 하고
투둘대며 발 끄집어
겨우 벗어나다

오늘 밤 지나 새벽 되니
그 강가에 또 물안개 오르겠지
그 생각에 잠 못 이루고
이 모진 그리움에
입술이 딱 달라붙다

(1997.11.23)

홍도 바닷가

난생 처음 만난 홍도! - 느닷없이 고모가 생각났다
보기 좋은 고모의 웃음, 주름살은 아련하고

백열등 화사하게 늘어 선 선착장 길 따라
수줍은 소주상이 배시시 내 손을 끌고
해삼에 멍게에 화롯불 두고 장어까지 구어서
소주 한 잔 들이키니 바람이 웃었다
늦가을 홍도엔 바람들이 취해 몰려다녔다

외골목 하나 넘으니 웃음바다가 있었다
파도 한 번 칠적마다 자갈들이 배를 잡고 뒹구는데
자그르르 자그르르
언제부터 저렇게 웃고 있었을까
놀래미랑 마신 술에 그 자갈밭에 잠이 들고
그 와중에도 자그르르 자그르르
해질녘 되고 몸 싸 하여 일어났더니
그때까지 자그르르
이 녀석들 언제까지 이럴건가, 허허-!

목포에서 백십키로-
지금이야 쾌속선 타고 두시간 반이지만
옛날에야 날 좋아도 일주일씩 걸렸단다

홍도는 우는 게 아니라 웃고 있었다

(1997.11.19)

꿈에

꿈 속에서 신발 잃어버린 날,
신발 찾아 헤매다
지쳐
그러다 개를 만났다
개는 제 갈 길을 가고,
여전히 난 헤매다
꿈에서 깨어 나
눈물 한쪽 떼어냈다

(1997.11.18)

분수

물줄기가 저마다 튀어 오른다. 키 재기를 하는 듯
점 하나 찍고 와서는,
내가 가장 높은 데 점을 찍었지!
아냐, 난 너 바로 위에 찍고 내려오는 길인 걸!
좋아! 확인해 보자!

그러나, 그럴 수 없었다
허공 어디도 점은 보이지 않았다

(1997. 10. 29)

맑은 여름날 아침

멀기만 하다고 아니 갈까요
맑은 땀 닦고 일어서는 아침
축복처럼 손 흔드는 신록을 따라
아주 짧은 사이
아련한 과거여-

시간을 따라 흘러와 보니
책임도 못 질 슬픔이 축축한데
여름 햇볕에 말려 볼까요
바람 불 때 그냥 웃고 말까요
눅눅한 셔츠가 손 흔드는 오후

어머니, 어젯밤 허망한 꿈을 꾸었어요

이제는 더 이상 눈부시지 않아요
거울 속에는 여름이 살지 않아요
그래서 세상은 더 아름다워지고
하냥 예쁜 표정 짓고
이제 여름비나 기다릴까 봐요

(1995.5)

새야

새야,
내가 돼지인줄 네가 알았다면
조금 덜 높이 날았을 것을
예까지 날 데려왔구나
바람이 세다
저기 겨울까지만 가자
잊혀진 다음 봄을 맞자
그래, 봄은 우리 등 뒤에 있을 거야
우린 그저 겨울 헛간에서 잠시 쉬었다 가는 걸 거야
바람이 세다
고개만 넘으면 그곳 같은데
또 그 바람만이 나를 맞고,
새 한 마리 후드득 난다

새야, 그만 날렴!

(1995.2 _ 첫 희곡 발표작 '피카소 돈년 두보'를 준비하며)

아쉬움

가난한 내 자취방에
詩를 쓴다는 친구가 몇 날 들렀을 때,
방이라구 해야 마땅히 먹을 것두 없어서
詩도 고픈데, 입까지 굶고 있겠구나 싶어
귀갓길에 소주 사고 안주 사서
힘 있게 방문 열었는데,
詩 한 줄 써 놓고 이미 철새처럼 떠난 뒤

술이나 한 잔 하고 떠날 것이지…

낯선 거리에 바람도 시려울 텐데
괜찮다고 괜찮다고 끄덕거리던
그 친구의 빈약한 배낭

(1993, 언젠가 함께 시집을 내자 했던 친구 임윤이 다녀간 뒤였다)

잠수함

소음도 없이 운행하는 잠수함이 있다
칠흑같은 심연 속의 철갑의 침묵
키는 고정되었다
꿈에서 늘 만나는 그 잠수함

오늘은 거리가 심해이다

(1993)

고흐의 들판

귀를 찢는 한 발의 총성
제 스스로 장전한 총알이었다
한 남자 풀썩 쓰러지고
그때까지 바닥을 뒹굴던 자신의 귀가
남자 눈에 잠시 보였다

창 너머로 들판이 보인다
그 남자의 들판

덜 외롭고 싶다

들판에 새들이 방정맞다

(1993)

꽃씨를 보았습니까?

새끼발가락의 발톱. 그 보다 작은 꽃씨
그 하찮음
그 속에 감추어진 우주를 본다

꽃씨를 보았습니까?

껍질을 깨고 파란 이파리를 내미는 그 힘!
크다고 위대하랴
무시 받고 천대 받는 이 잠재된 원인을 보라

꽃씨를 보았습니까?

그 수많은 꽃씨 중 몇이나 꽃으로 피랴
슬픈 건,
그 숱한 죽음들을 자연법칙이라 부른다
꽃씨를 보았습니까?

(1993)

옥탑방 일기

어느 날인가 저녁을 먹다 펑펑 운 적이 있다
TV 드라마를 보다가 였다
밥 먹다 숟가락 놓고 펑펑 울었다
텅 빈 옥탑방에서 덩치 큰 사내놈이
밥 먹다가 우는 꼴이라니
전화라두 오면 수화기 붙잡고 속 시원하도록
울고 싶었다
전화는 오지 않고, 난 풀에 겨워
숨을 몰아쉬며 밥을 다 먹었다

그러다, 그날 밤 코미디 프로를 보고는
또 펑펑 웃었다
펑펑 웃었다
내가 널어놓은 빨래들이 덩달아 창문을 두드렸다

(1992)

가출의 추억

장마는 참을 수 없는 통증이다

차다 못해 시린 샘물로 목욕을 한다
목욕은 일종의 진통제

수건을 빨았다
세탁비누로 칼칼히 빨고
또 세숫비누로 뭉실뭉실 빨고
탈탈 털어서는
널기 전 얼굴을 파묻어본다

으흠-! 청결하다!
뭔가 새로 시작할 수 있을 것 같다, 영(0)에서

장마를 이기려고
그 십 수 년째 장마를 이겨보려고

그리고 영(0)을 꿈꾸다

(1989.7)

해설 한 편,
발문 한 편

S의 가을 편지엔 우표가 없다

선광현_ 목사, 시인[*]

S에게

선욱현을 비롯하여, 늙은 개 버꾸처럼 할머니와 함께 비님이 지나가기를 기다리며 까만 눈동자로 생각(「할머니와 늙은 개 버꾸」)하고 있는 이 시대의 또 다른 버꾸(바보의 전남 방언)들을 'S'라고 부르기로 한다.

그의 읊조림은 사랑과 자유, 저항과 관조, 구도(求道)와 그리움의 다양한 스펙트럼을 관통하며 인화된다. 그의 시적 채색은 기계적 디지털 칼라 사진이라기보다 한 장, 한 장 숨결이 묻어나는 흑백 폴라로이드 사진에 가깝다. 그는 유희적 수사나 값싼 감성의 표출이 아닌, 자신의 몸과 혼으로 부딪쳐 찍어 내는 묵

---

[*] 고려대학교 대학원 문학예술과 석사 졸업. 단국대학교대학원 문예창작과 박사 과정. 국민일보 신춘문예 신앙시 공모전 당선. 기독문화공모전 단막희곡 대상. 시집 『밤에 흘리는 눈물은 파란색이다』, 희곡 『블루 도그스』.

직하면서도 간결한 시적 프로타주*를 보여준다.

S의 본업은 극작가다. 그래서 그는 오히려 시적 화술이나 기교에 물들지 않은 원색적 시선을 가지고 있다. 조화(造花)가 아닌 생화(生花)다. 시심을 추적할 수 없기에 폐부 깊숙이 파고든다. 익숙하지만 생경하고, 예측하려다 의표에 찔린다. 꽃이나 편지 한 장 들고 서 있는 버꾸일 뿐인데, 같이 웃다가 가슴이 서늘해진다.

S가 왜 시를 썼을까, 왜 생살을 찢는 치열한 극작을 하는 도중에 한 편 한 편의 시를 남겼을까. 그가 쓴 편지는 어떤 내용이며, 누구에게 보내고 싶었던 것일까. S의 시공간이 하얀 눈이 내린 산에 소담스레 안긴 기와집 한 채(「山寺」)처럼 놓여 있다.

1. S의 탈주, 우화적 상상력

S뿐만 아니라 우리 모두는 누군가, 혹은 무엇인가로부터 묶여 있다. 그래서 벗어나려 발버둥치고 불화를 일으키기도 한다. 그러나 도피할 수 없다. 벗어나려 하면 할수록 더 옥죄어오는 사슬과 말뚝을 확인할 뿐이다.

---

* 나뭇조각, 나뭇잎, 시멘트 바닥, 요철이 있는 물체 등에 종이를 대고 색연필, 크레용, 숯 따위로 문질러 베껴지는 무늬나 효과를 응용한 회화 기법.

창 밖에서 물고기 날고 있다
종 아래 묶여서 맴돌고 있다
바람 불 때마다
진저리를 친다

풀어줄까?
그럼 구만리 장천을 날아갈까

- 「풍경 소리」 부분

그래 너의 땅
나를 위해 깊게 박아놓은
말뚝 앞에서
인정한다
너의 땅
내 신발 끝도 허락지 않는 그 차가운 성역

- 「말뚝」 부분

바람 잘 날 없이
저리 요동을 치는데도
내 님은 봉사라
시늉 한 번을 안 주고
나만 혼자 삼백 날을
저리 방정 떤다네

「풍경 소리」,「말뚝」,「깃발」은 속박의 이미지를 보여준다. 자신의 속박을 확인해주는 풍경 소리와 말뚝, 깃발 아래서 S는 꿈틀댄다. 아니, 진저리치고 요동치고 방정을 떤다. 그가 지닌 특유의 풍자와 넉살이 엿보인다. S에게는 아무리 슬픈 이야기를 해도 웃기고 아무리 웃긴 이야기를 해도 슬픈, 묘한 정서가 있다. 그러니 아무리 요동쳐도 시늉 한 번 안 해주는 님 앞에서 삼백 날을 저리 방정을 떨고 있다. 그러더니 그 속박으로부터 서서히 빠져 나올 궁리를 한다. 그가 선택한 탈출구는 우화적 상상력이다.

갈매기들이 싸우는데 가만보니 서로의 날개를 집중 공격한다. 개들은 날개를 다쳤다가는 큰일난다. 갈매기는 닭이 아니다. 날아다니며 먹이를 구해야 한다. 그래서 굶어죽지 않으려고 악착같이 날개를 보호하면서 싸움을 하는 것이었다.

날개를 다치지 말자

나도 날개가 있다. 근데 내 날개는 좀 이상하다. 먹이 구하는 데 별 도움을 주지 않는다. 아니다, 어쩔 때 보면 그 날개 때문에 굶어죽게 생겼다. 하지만 나도 그 날개를 보호해야 한다. 그 날개를 다치면 나도 죽는다

날개를 다치지 말자

- 「자연 다큐멘터리」 전문

S는 자연 다큐멘터리를 보면서 갈매기들이 날개를 집중적으로 공격을 하는 것을 발견한다. 갈매기는 날개를 다치면 더 이상 먹이를 구하지 못하기 때문이다. 생각해보니 S에게도 날개가 있었다. 그런데 S의 날개는 먹이 구하는데 별 도움이 되지 않는다. 아니, 오히려 그 날개 때문에 굶어죽게 생겼다. 하지만 S는 결국 그 날개로 날아야 함을 깨닫고 날개를 다치지 말자고 다짐한다. 갈매기의 날개로 발화된 우화적 상상력은「황야의 물고기」를 통하여 세상 밖으로 빠져 나간다.

물고기가 있었다

물고기는 자신이 깊은 강물 속에서 태어난 줄 알았다

얼마나 자랐을까

어느 날 물 밖으로 눈을 내밀어 바깥 세상을 보았다

황야였다

거칠고 황량한 사막 한 쪽

말라붙은 강바닥

그 얼마 남지 않은 물에서 자신이 퍼덕이고 있었다

그걸 깨달은 순간

순식간에 물은 말라갔다

금새 강물은 바닥을 보이고

물고기는 햇볕 아래 노출되고 말았다

몸이 바짝 말라왔다

물고기는 눈을 감았다

이렇게 자신이 죽어갈 거라고 생각했다

그런데 이상했다

이상한 소리들이 들렸다. 눈을 떴다

버스정류장

물고기는 버스정류장에서 버스를 기다리고 있었다

- 「황야의 물고기」 전문

  한 사람이 버스정류장에서 버스를 기다리고 있다. 사실 그는 사람이 아니라 물고기다. 물고기는 강물 속에서 태어난 줄 알았는데 눈을 떠 보니 황야의 말라붙은 강바닥이었다. 물고기는 자신의 죽음을 직감하고 눈을 감는다. 그 순간, 물고기는 버스정류장에서 버스를 기다리는 한 사람으로 우화적 환생을 이룬다.

  S는 이제 황야의 물고기가 되어 말라붙은 강바닥 같은 도시 정류장에서 버스를 기다린다. 더 이상 말뚝이나 밧줄에 묶여 있지 않아도 된다. 산사의 풍경(風磬)처럼 쇠줄에 매달려 진저리를 치지 않아도 된다. 이제 줄이 풀렸으니 어디로 갈까, 물웅덩이를 빠져 나왔으니 어디로 헤엄쳐 갈까, 말뚝이 없으니 어디로 날개를 펴고 훨훨 날아갈까. 자유를 이룬 지점에서 또 다른 길이 열린다. 강바닥을 퍼덕이다 빠져 나온 버스 정류장 앞으로 강물이 흐른다. 날개를 펴니 밑바닥 없는 허공이 있다.

2. 겨울 헛간에서 마신 술 일곱 잔

S는 자신을 옭아매는 것들로부터 벗어났으나 황야의 도시에서 경계를 떠도는 유랑인의 삶을 선택한다. 어쩌면 날개 때문에 굶어죽게 될지도 모르는 형편일지라도 그 날개를 다치지 않기 위하여 꼭꼭 숨긴 채 배회한다. 진실이 파지(破紙)가 되지 않게 하기 위하여 둥지가 아닌 허공을, 거주가 아닌 여정을 선택한다.

> 낯설은 역들을 지나며
> 없는 추억을 마시고
> 아가미가 펄떡거려야
> 외로움이 충전된다
>
> 익숙함이여, 안녕

- 「기차 여행」 전문

기차를 타고 낯선 역들을 지나가는 물고기 한 마리가 창문 밖을 보며 아가미를 펄떡거린다. 황야의 도시는 목마르고 숨 막힌다. 익숙함은 구속의 도구다. 물고기는 그 익숙함으로부터 벗어나야 한다. 그래서 S는 늘 떠난다. 하지만 아예 멀리 떠나지는 않는다. 외로움을 충전시킬 만큼만, 날개의 존재를 망각하지 않을 만큼만 벗어난다.

새야,

내가 돼지인줄 네가 알았다면 조금 덜 높이 날았을 것을

예까지 날 데려왔구나

바람이 세다

저기 겨울까지만 가자

잊혀진 다음 봄을 맞자

그래, 봄은 우리 등 뒤에 있을거야

우린 그저 겨울 헛간에서 잠시 쉬었다 가는 걸 거야

바람이 세다

고개만 넘으면 그곳 같은데

또 그 바람만이 나를 맞고,

새 한 마리 후드득 난다

새야, 그만 날렴!

- 「새야」 전문

　　S가 날아가고자 했던 봄은 겨울 황야를 건너야 한다. 그러나 바람이 세다. 돼지인줄 모르고 자신을 태운 새가 가엾기도 하다. 그래서 저기 겨울까지만 가자고 한다. 봄은 우리 등 뒤에 있을 거라고, 우린 그저 겨울 헛간에서 잠시 쉬었다 가는 거라고 안위한다. 그래서 세찬 바람을 맞으며 날고 있는 새에게 그만 날라고 한다.

　　S는 봄을 맞고 싶으나, 새를 희생시키면서까지 날아가고 싶

지는 않다. 차라리 겨울 헛간에서 잠시 쉬었다 가더라도, 봄을 등 뒤에 남겨둔 채 새와 함께 있고 싶어 한다. 새를 향한 속박과 강제는 S가 원하는 것이 아니다. 자신이 끝까지 다치고 싶어 하지 않는 날개가 있기에 S와 새는 겨울 헛간에서 잠시 쉬었다 간다. 그리고 세찬 바람 몰아치는 겨울 헛간에서 S는 차가운 몸을 녹이며 술잔을 기울인다.

    내 주량은
    딱 소주 한 병

    처음 세 잔에 온갖 분노를 삭히고
    두 잔 더 들어가면 마음이 한없이 넓어지고
    두 잔 더면 세상이 내꺼고
    마지막 한 잔이 남으면

    더 먹을까 어쩔까
    긴 고민을 한다

                              - 「소주 한 병」 전문

    안주는 욕심나지 않게
    부족한 듯이
    반병이면 詩는 나오니까
    술도 적당히

천년의 꿈도

하룻밤에 풀어내고

내일 다시

백치가 될 수 있을 만큼만

-「술상」 전문

저축 한 번 못한 인생이어서

술은 더 맛나다

안주가 없어서

속은 더 청명하다

허전해서

인생은 더 살만한 거라고

누가 가르쳐 주지도 않았는데

잘도 지키며 잘도 따르며

오늘도

가난한 소주잔을 넘긴다

-「가난한 내 술상」 전문

「소주 한 병」, 「술상」, 「가난한 내 술상」 세 편의 시는 대학로 어느 주점의 허름한 벽에 걸어놓아도 좋을 시들이다. 시인과 술이야 떼려야 뗄 수 없는 관계라지만, S의 경우는 유독 술과 연관된 시가 진득진득하면서도 맑고 청명하다. 그것은 S가 봄을 그리워하나, 등 뒤에 남겨둔 채 겨울 헛간에서 몸을 녹이며 마시는 술이기 때문일 것이다. 세 잔은 분노를 삭이고, 두 잔은 마음을 한 없이 넓게 하고, 두 잔은 세상을 다 가진 듯 하고, 마지막 한 잔은 더 먹을까, 어쩔까 긴 고민을 하게 하는 술은 S에게 얽히고설켜 도저히 해독할 수 없는 겨울 황야의 문장을 읽고 또 읽는 일일지도 모른다. 얼굴이 발갛게 취기가 오른 S는 모노드라마의 주인공처럼 암전 된 무대 위에서 독백한다.

> 혼자였다
> 세상에서 난 혼자였다
>
> 혼자 일어나고 혼자 잠들고
> 혼자 태어났고 혼자 죽을 것이다
>
> 공자 맹자 노자 묵자
> 그 중에 제일 위대한 스승이 혼자이다
>
> —「혼자」 부분

3. 맑고 투명한 순정의 채도

S는 겨울 헛간에 여덟 번째 잔을 남겨둔 채, 돼지를 태웠던 새

도 날려 보내고 허허로운 마음으로 황야의 변두리를 휘젓고 다
닌다. 그런데 이젠 그 마음 떠다니는 곳이 속박을 벗어나려는
탈주가 아니다. 세찬 비바람이 아니라 보슬비요, 눈보라가 아니
라 소리도 없이 떨어지는 눈송이다. S는 황야의 물고기가 되었
다가, 돼지를 태운 새가 되었다가, 이제는 주름 깊은 할머니와
동행하는 늙은 개 버꾸가 된다.

　　걷던 할머니가 멈추어 섰다
　　윙!
　　따라 걷던 늙은 개 버꾸가 왜 안 가느냐고 물었다
　　비님이 지나가시잖니
　　윙! 늙은 개 버꾸는 재촉했다

　　빗속에 버꾸는 멈추어 서서
　　까만 눈동자로 생각했다
　　생은 이렇게 지나가는 거라고

　　기억도 흔적도 무상일뿐
　　비온 뒤 땅이 마르는 거 보아
　　저 안으로 스미는 거라고
　　사는 것은 스미는 거라고

　　　　　　　　- 「할머니와 늙은 개 버꾸」 부분

S는 황야에서 목마름과 결박을, 겨울 헛간에서 추위와 고립을 견뎌내더니, 속가슴 한쪽 순하디 순한 그리움을 품게 된다. 늙은 개 버꾸의 까만 눈동자는 S의 눈동자다. S는 버꾸의 눈으로 비님이 지나가시기를 기다린다. 그러면서 생은 지나가는 거라고, 사는 것이 스미는 것이라고 속삭인다. 아무리 세찬 바람일지라도, 거친 눈보라일지라도 그것 또한 기다리면 지나가는 것이다. 비온 뒤 땅이 마르는 것처럼 스며들어가는 것이다. 그래서 세상을 향한 S의 수줍은 그리움은 더 순해지고 깊어진다.

　　초겨울, 산이 비어 있다

　　나무들은 나뭇잎 다 떠나보내고
　　나무는 나무로만 남아있다

　　저 건너편 산엔 집들이 가득하다
　　내 안에도 화가 가득하다

　　산은 겨울을 나려고 다 비워냈는데
　　난 어찌 이 겨울을 나려고

- 「빈 산」 전문

S는 나뭇잎 다 떠나보낸 초겨울 빈 산을 바라보며 자신 안에 가득한 화를 어찌 버릴까 생각한다. 그는 초겨울 빈 산이 되고

싶다. 나무가 나무로만 남듯 자신 안의 화를 버려야 지상의 겨울을 견뎌낼 수 있음을 깨닫는다. 빈 산과 S의 거리만큼 그리움이 번져가고 그의 비어가는 가슴에는 겨울산 소담스러운 기와집 한 채 담긴다.

> 하얀 눈이 나려
> 산은 속살을 드러내고 말았다
> 그 수줍은 가슴 안으로
> 소담스레 기와집 한 채
> 담겨있었다
>
> -「山寺」 전문

　설산에 담겨 있는 기와집 한 채. 그곳은 어쩌면 S가 겨울 헛간에서 잠시 쉬었다가 나와 하루쯤 유숙하고 싶었던 공간일지도 모른다. 하얀 눈이 내린 설산은 적막하다. S는 산의 깊은 속살을 파고 들어간 자리, 소담스레 담긴 기와집 한 채 앞에 머물러 선다. 고요와 평화, 안식과 위로의 흙 마당, S의 가슴을 휘돌고 있는 것은 눈보라가 아니라 한 점 한 점 날리는 눈발이다. S가 지상에서 머물고 싶은, 번뇌와 집착, 소유를 벗어난 무상과 무욕, 순정의 자리다.

　S의 가슴에 내려앉은 그리움은 진달래처럼 붉은 순정으로 피어난다. 이제 그는 자신의 가슴에 안긴 그리움을 꽃처럼 피워 올려 세상에 내밀고 싶어 한다.

맑은 여름날 햇빛을
손수건에
꽁꽁 싸두고 싶습니다

어느 날 당신이 눅눅하게 젖어있을 때
꺼내어
잘 닦아주고 싶습니다

맑은 여름날
아까운 햇빛이
천지에 쏟아집니다

당신 이름 입안에 굴리며
그 찬연한 빛을 바라보며
아깝다
아깝다
바라만 봅니다

-「여름날 햇빛」 전문

　　S에게 있어 세상은 겨울 헛간에서 잠시 쉬는 것과 같다. 그
기나긴 겨울을 보내기 위해서는 햇빛이 필요하다. 그래서 맑은
여름날 천지에 쏟아지는 햇빛이 아깝기만 하다. 할 수만 있으면
손수건에 꽁꽁 싸두었다가 눅눅하게 젖은 세상을 닦아주고 싶

어 한다. 여름날 햇빛 한 자락도 그에게는 소중한 사랑으로 다가온다. 그 사랑이 꽃 피기까지 얼마나 많은 황야의 목마름과 겨울의 고독을 견디었을까. 그러나 그 혹한과 침묵의 시간이 지나고 이제 그의 가슴에도 수줍은 봄이 찾아온다.

> 너의 볼에 진달래 피던
>
> 그런 봄이 있었지
>
> 오늘
>
> 느닷없이 산천에 흐드러진
>
> 너의 모습에
>
> 해묵은 수줍음으로
>
> 귓볼에 진달래 피었다
>
> - 「진달래」 전문

S가 도달하고 싶었던 봄이 너의 볼에 진달래로 피어난다. 느닷없이 산천에 흐드러진 진달래의 모습이 너의 모습으로 보이고, 내 귓볼에도 수줍게 진달래가 피어난다. 연분홍 빛깔의 진달래가 너의 볼에, 나의 귓볼에 피어나는 시적 비유는 S의 시선이 닿는 순정적 사랑의 채도를 보여준다. S는 순한 그리움을 안고 사랑의 서사를 시작하려 한다. 진달래를 그리워하고 사랑하는 것을 넘어서 자기 자신이 직접 진달래가 되어 피어난다. 세상의 속박으로부터 벗어나려는 탈주와 결별이 아니라 따뜻한 연정을 품고 기다리다 마주친 극적인 만남을 통하여 설레는 합

일을 이룬다.

다시, 선욱현에게

S를 비롯하여, 이 시대의 또 다른 버꾸들을 다시 '선욱현'으로 환원한다. 시 창작은 말뚝을 박아 놓고 어느 한 편을 선택하기를 강제하는 세상 속에서 경계에 서서 배회하거나, 다른 새 길을 찾는 자의 독백일 것이다. 선욱현의 시적 영토는 어떤 목적을 지향하거나, 강제된 윤리나 도덕, 종교, 사상의 파편으로서가 아니라 시 자체로서의 한 영토를 점유하는데 성공했다.

조금 일찍 잠에 든 것이
새벽에 일어나게 되었다
책상 앞에 앉고 보니
괜스리 맘 수상하고
마음 모아 향 하나 올렸더니
대금 우는 소리 벌판을 달렸다
책상 앞에는 등신만 앉아
창 밖 찻소리만 듣고 있었다

맑아지고 맑아지기를
투명하여 투명하다가
그대로 흩어지기를

천지에 자취 없기를

- 「기도」 전문

선욱현은 끊임없이 축적하고 결집하려는 세상 속에 맑고 투명한 허공을 보여준다. 그는 맑아지고 맑아지기를, 투명하여 투명하다가 그대로 흩어지기를 기도한다. 그가 맑고 투명한 연정을 품고 건져 올린 시편들은 겨울 헛간에서 술잔을 기울이는 이들에게, 사슬과 말뚝에 묶여 발버둥치는 자들에게, 말라붙은 강바닥에서 펄떡거리고 있는 황야의 물고기들에게 쉼과 위로를 준다.

선욱현 시인은 나의 친 형이다. 욱현, 광현, 종일, 우린 삼형제다. 늦은 저녁 골목을 터벅터벅 걸어 들어와 책을 읽고 쓰거나 기타를 치며 노래하던 형은 극작가가 되었다. 교회 가는 것이 가장 즐거웠던 나는 목사가 되었고, 조립식 장난감 맞추기를 좋아하던 동생은 정형외과 의사가 되어 뼈를 맞추고 있다. 작가, 목사, 의사, 삼형제의 남다른 개성은 평생 한 직장에서 일하다 은퇴하신 성실한 아버지의 희생과 아무리 저녁 늦게 들어와도 "아가, 밥은 먹었니?"라고 딱 한 말씀을 하시던 어머니의 사랑 때문이었으리라.

나는 형의 뒷모습을 보고 자랐다. 형은 천재요, 우상이요, 거인이었다. 형은 먼 곳에 가 있다. 허공에 떠 있다. 많은 이들이 시집을 읽고 형이 만들어 놓은 길과 허공에서 푹 쉬다가 갔으면 좋겠다. 처음 시 원고를 받고 읽다가 순간 멈췄던 시 한 편이 있다. 두 번, 세 번 읽을 때 마다 한참을 멍하게 읽고 또 읽었던 시가 있다. 시를 덮어도 시가 계속 살아서 따라왔던 시가 있다. 좀 과장해서 말하면 수백 번, 수천 번을 읽고 또 읽어도 질리지 않고 입가에 미소를 짓게 할 것만 같은 시가 있다.

세상에 이런 버꾸가 있다니! 그 버꾸를 누가 말릴 것인가! 누가 그 우직한 사랑을 막을 수 있겠는가! 그는 언제, 어디서든 끝끝내 쓰고 또 쓰고야 말 것이다. S의 가을편지엔 우표가 없다. 어떤 해설도, 사족도 붙이고 싶지 않다. 그 시 한 편으로 맺음말을 대신한다.

오늘 가을이 한 장 넘어간다
달은 춥지도 않나? 저기 높은데도 떴다
풀벌레도 시려 조용한 이 밤
편지 쓸 데도 없고 쓸 수도 없다
그저 편지라고 두 글자만 쓴다

- 「가을 편지」 전문

선욱현은 연극쟁이다

송태웅_ 시인*

선욱현은 연극쟁이다. 연극이야말로 인류가 만들어낸 가장 위대한 장르라는 걸 모를 사람은 없을 것이다. 그러나 연극이야말로 그 예술을 수행하기가 가장 지난한 장르라는 것 또한 모를 사람은 없을 것이다.

선욱현은 대학 재학 시절부터 쉰을 눈앞에 두고 있는 지금까지 오로지 연극이라는 외길을 걸어 왔다. 그 어떤 힘이 그로 하여금 어두운 무대를 지키게 하였을까. 나는 서른도 되지 않아서 연극으로부터 아예 멀어져 버렸기 때문에 선욱현이 힘차고 올곧게 그리고 놀라운 성과를 내며 무대를 빛내 왔는지 그 과정을 자세히 알지 못한다.

그런데 그가 써 온 시편을 받아 읽으면서 어렴풋이나마 그가 사랑해 온 사람과 세상, 그가 열망하는 세계를 조금 알 것 같았

* 1961년 전남 담양 출생. 전남대 국문과 졸업. 2000년 계간 〈함께 가는 문학〉 시 부문 신인상 수상. 2002년 시집 〈바람이 그린 벽화〉 간행. 2015년 시집 〈반야의 당신〉 (근간).

다. 그가 써 온 시들에 담긴 목소리는 온통 가난과 외로움 그리고 모순에 찬 세계와 현실에 대한 고투였다. 힘겹게 싸우면서도 그는 세상을 원망하지 않는다. 사물과 자신을 냉철히 바라보며 과도한 감정이입을 삼가고 자신이 처한 현실을 비관도 낙관도 하지 않은 채 있는 그대로 드러낸다. 처연하기도 하고 바보스럽기도 한 것이 마치 현진건이 쓴 단편 '운수 좋은 날'의 김 첨지가 보여주는 페이소스를 연상하게 만든다.

'돈 꾸러 가는 날 아침 염병하게도 춥다'라는 시를 읽어 보시라. "문을 두드리니 사람 기척은 없고/망할 놈의 개만 짖어댄다/고드름 하나 뚝 떨어질 때까지/문전에서 서성이다/돌아서는데/그 집 굴뚝에 막 땐 연기가 한 웅큼 피어오"르는 장면을 겪지 않아 본 사람까지 추위에 얼게 하고, 절망의 고드름이 하나 뚝 떨어지는 소리가 마음 속에 쨍 하게 울려오게 한다.

그렇다면 '겨울비'라는 시는 이 시를 변용시킨 것일까. "이봐요/이봐요/한마디만 해 봐요/겨울비는 언 땅의 등을 질기게 두들긴다//눈물인지 콧물인지/누구의 것인지도 모르겠다/땅위가 낭자하다."

추운 겨울날 누군가 쏟아낸 눈물이 겨울비처럼 땅위를 낭자하게 적신다. '낭자하게'라는 부사는 일반적으로 피가 흐를 때 쓰는 단어이니 그는 눈물이 아니라 피를 쏟고 있는 것일 게다. 광주 촌놈이 서울 올라가서 몹시 힘들었나 보다. 그것도 남들 다 돈 벌러 가는 서울에 연극한다고 고생을 자청해서 갔으니 누굴 원망도 못했을 것이다. 자기가 좋아서 하는 일 하러 서울에

갔는데도 그 고생이 오죽했으랴.

그래도 선욱현은 잘 견디어 냈다. 그리고 희곡 쓰고 연출 하고 연기 하는 그 바쁜 와중에도 100여 편의 시까지 쓰고 있었다. 그가 쓴 시들은 그가 쓴 희곡과 같은 경향을 보이지는 않는 것 같다. 선욱현이 쓴 희곡이 대단히 예민한 사회적 메시지를 담고 있는 것과 달리 그가 쓴 시들은 자신의 내면에 대한 고백이 더 많았다. 연극으로 치면 시는 독백인 것이니까 그럴 수밖에 없을 것이다.

선욱현은 시로 출발해 연극으로 도달했나 싶다. 그러나 누가 알겠는가. 혹시 그가 연극을 찍고 시로 돌아올지. 아니면 시와 연극으로 그가 도달하고 싶은 세상을 다 말하려는지. 베르톨트 브레히트가 그랬던 것처럼.